JN115824

未来の詩

Poetry

中野祥太朗

未 来 の 詩

目次

さくら（日々）

はらはらと散りゆく花びらに　甘ずっぱい　せつない香り

切りとった写真には　顔は無くて　あの時のこと思い出せなくて
大切な日々だった　とはいえなくて　涙もながせなくて
初めて席替えした時　隣に見知らぬ君を見てた
日々がたっていくほどに　変わる思い

そこに本当の　答えがあるのに　近くにあるのに　遠い思い
結局日々は　何もできぬまま　過ぎてすぎてスギテ…

隣に　君はいない　もう一度　あって　伝えたいよ
その中には１本の木が　新しい季節に桜を
つけてまってるから　だから…

かなうものだけが　人生じゃないと　今
初めて知ったから　だからさ　また
声をきくと　悲しくなるから
そっと声をかけるから　きかなくていいから
ふりむかなくていいから
「桜のようにきれいになってね」

つづり

目の前に感じたもの　あの日の思い出
僕らはきっと過去のこと忘れたんだろう
あの日のメッセージ　忘れはしないつもりが　記憶から消えていく
思い出せないメッセージ
僕らは今ここにいるよ　そんな言葉だけじゃ
伝えたいことも伝えられない　ぶきような僕

うれしいのにな
たった一度の人生　出会い運命
今進むべき道をみつけた
つづられた思いは　風に吹かれ　だれかのもとに届く
僕の思いは　いつかの過去の自分に届くだろう
それが僕がつづるべきこと

サン

僕らが見上げた　空にはもう　いくつもの夢が輝いて　僕らを見つめてる
明日を探して　歩く道にはほら　いくつもの笑顔がいつもより
きれいに咲いている

きれいな歌で伝えるなんてさ　はずかしくてできないけれど
今できること　それは精一杯のありがとう

ワンッツー　ワンッツー　ワンッツー
1、2サン！サン！サン！サン！　いつまでも輝いて
1、2サン！サン！サン！サン！　みんなの太陽
おつかれサン　ごくろうサン　ありがとサン

僕らの未来とか　分からないことだらけで　笑う門には福来る　君は今笑えてる？
明日が怖くて　逃げ出したくなっても　僕らの糸はほどけない　運命の赤い糸
それでもだめな時は　思い出そうよ あの日
みんなが僕らにたくした　思い出を

ワンッツー　ワンッツー　ワンッツー
1、2サン！サン！サン！サン！　みなサンありがとサン
1、2サン！サン！サン！サン！　明日も晴れ模様

Don't cry Don't cry 笑ってこう come to might

頭に浮かび出す　君の笑顔は太陽さ Come on

Staring eyes touching hand　見つめ合う目と目　触れる手と手

encourage 勇気づけるそして強く抱きしめるさ

そして伝われ My thoughts　Thank you

そして　I won't you yeah !

僕らが見上げた（in the sky　そこにはもう！）

見えているはず（My dream is funny My dream is funny yeah!）

新しい歌がそこで僕に語るよ

今ならわかるさ（your reason 君　泣いたわけ）

伝えれば良かった（Forever love いつまでも）

やっと見えた道に　名のある花がさく　さくー!!

1、2　1、2　1、2

1、2サン！サン！サン！サン！（with you with you　君とともに）

一緒に歌おう（It's enjoy）

1、2サン！サン！サン！サン！（いつでも　絶対　明日は来るから）

今日にありがとサン　おつかれサン

また明日！（It's my life !!）

シーン

歩いてるだけじゃ　見えない世界
立ち止まってなきゃ　見えない世界
そこにシーンを見つけて…

人生という　ものの　流れは　どんどん速くなって
立ち止まっていちゃ　流れにおくれそうで　怖さを覚えていたんだ
Wow Wow Wow …　あわせる必要なんてなかったのに
Wow Wow Wow …　なんでなんだ

日々日々日々日々日々で変わる気持ち
ゆらゆらゆらゆら　ゆらいでるその景色を
一度立ち止まって　確かめたいな
そこには気づかなかった　美しいシーンがあるはず

いろんな人に　それぞれのシーンがある
世界の中の　ワンシーン
大切な人にも　それぞれのシーンがある
それを二人でかざりたいな

日々日々日々日々日々　変わっていく気持ち

ゆらゆらゆらゆら　ゆらぎまくった後で

きっと見えるのさ

ゴールという　最終シーンが

タイ yo －

君はタイ yo －　僕のタイ yo －　ずっと笑って欲しい yo －
忘れない yo －　消えない yo －　君の思い消えない yo －
君へ感謝　僕は感謝　だからいっしょに歌おう yo －

すごい寒い季節なのに　君がいるだけで　僕の心の氷がとけるの
しっかり感じたんだ

君と話すそれだけで　君の隣にいるだけで　それだけで寒さ消えるんだ

だけど僕らはこの季節が終わる離ればなれ
しょうがないけど　すごく寂しい yo －

サンタクロースは物はくれるけれど　人の気持ちはくれないんだね
今日は、特に寒い日だから　雪をとかすまでここで踊ろう

君はタイ yo －　僕のタイ yo －　どんな心もすぐにあったまる yo －
はずかしいから言えない yo －　直接君には言えない yo －
君の笑顔はまじでタイ yo －　君の全てがタイ yo －

白い息を吐いて　寒そうにしてるのに　なぜか僕はあったまる yo －

ずっと見たい君だけを　笑っていたい　君とともに…

君といたい yo －　だけど　いれない yo －　悲しくなんかないんだ yo －
Oh 君はタイ yo －　僕のタイ yo －　終わりなき日々を君でそめたい yo －
終わらない yo －　　終わらせない yo －　　この季節が終わっても
皆進む　この道で　君にあって　心が動いた　あの日は戻らない yo －
だけどいまは　君とはなれても大丈夫
伝えたくて　伝えられないこの気持ち　はらすんだ yo －

この雪のつめたさがつたえる　white show きれ間にタイ yo －
忘れられない　僕のタイ yo －

空に夢を描こう　どんなに形がわるくても　いつかきれいにしてみせる
明確にしてみせる
雲を少しずつきりとって　すこしずつ積み重ねよう
そしていつかそれが本当の夢になる

ふるさと（故郷）

からみあった思い出が　元にかえる場所だった
雨の日も　風の日も　ずっとすごした隠れ家で
口げんかや取り合いはあたり前で　ずっと外でころげた
うす汚れた心と成長したからだが　そこをうけ入れなくなって
静かに町を出たんだ

人はいつか昔を忘れ　見えぬ明日に　希望を抱く
そして　自分のみにくさに　気づかないように逃げるだけ
帰る道は　いつもより　広く自分が小さく見えた
恋しかったんだ　故郷　会いたかったんだ　友達　yeah―
ころがってねころんだ　あぜ道で

思いつまるといつも　頭に浮かぶ場所だった
夏の日も　冬の日も　温めあった学校で
無駄話や人間関係　心ゆるして語り合う
賢くなった頭と都会気どりが　それを失わせて
ここを嫌った

人はいつしか未来へ依存し　無き明日を　待つだけ
そして　大切にしていた宝物のふたを開け放ってしまうだけ

進む道は　もっと険しくて　高く山がより大きく見えた
思い出したんだ故郷　会いたいんだ　恋人　yeah—
水かけあって　遊んだあの川で

故郷に忘れていく　僕らに　誇りはあるのか？
問いかけても教えてくれない
泣いた時は　星を見た丘を　笑いたい時は公園を
そうか　ささえられてたんだ

未来に願う　I believe forever
この場所を忘れないよー
どんな時も　I don't forget it
いつか帰る日まで
この故郷の日々　胸に焼きつけて

未来に願う　I believe your life
ずっと元気で
どんな時も　I break my thinking
君をまもるために
この歌ができる時　ここに僕は帰る

ガラス

揺れる思い　変わる夢　なぜか切なくて
あなたと過ごしたあの日々は
まるでガラスのビー玉のように　透き通ったものだった
あなたとはもうあえない　ガラスの壁があるから
その壁を　壊してくれるなら　変われるだろう

さよならバラガン

明日のために　未来のために　進め
僕らは出会った　薄暗い心の中
勇気とは何か　教えてくれた
さよならバラガン　僕らの夢
さよならバラガン　今でも心に

心声

消えた記憶　取り戻して　あなたを探す

いつの日か　忘れない　思い出

いつかは　見つけだすから

出会った時の　あの何気なさ　忘れてしまった

だからこそ　前みたいに　戻りたい

あなたは願っているだろうか？

消えた過去にこだわって　諦めない　僕は誓った

消えた過去　取り戻して　あなたを探す

いつの日か　忘れない　思い出

いつかは　見つけだすから

信じて　行きたい　自分に嘘を　つかずに

ただ　明日へ

無題 1

雲を渡って空へと飛ぼう　新しい何かが　そこにはある

土をけって海へと走り出そう　思い出ありが　そこにはある

通りすぎた道に一粒の種をまこう　道から外れそうな時に　また戻れるように

喜の花が今　僕を迎えてそこで咲きほこり

自分というものが何なのかを教えてくれる

だから　そこまでも進もう　進み疲れるまで

どこまでも行こう　立ち止まるまで

雨に打たれて　曇天に叫ぼう　雲の切れ間には　何かがある

風に吹かれて　突風に逆らって　その風の中に　何かがある

見つけた場所に　1粒の種をまこう　いつか自分の道を見つけて

また来れるように

哀の花が今　僕を迎えて　そこで咲きほこり

自分を信じることが何なのかを教えてくれる

だから消さないで刻もう　書き疲れるまで

消さないで残そう　思い出になるまで

気づいたら　そこは暗闇で　何も見えなかった　世の中の目のように

無題 2

僕が唄ったあの歌は　いつかの風に吹かれ消えた

1歩目から伝わる言葉　忘れないように今も心に

だから僕ら　桜の木の下　出会ったあの日の瞬き

いつかまた　いずれまた会える時は元気で笑おう

進む道　違う道　それはいつでも分かれ道

だけど　だけど　選ばないといけない一本道を

ゴールはどこかなんて誰も知りやしないから

また会うことだけ約束したら　あとはケンメイ　一生懸命

変わって　回って見て見たい本当の自分を

笑って　怒って見つけてみたい本当の自分を

無題 3

タイムマシンが欲しいよ　誰か僕を助けて

ぐるぐる回る世の中に　過ごし疲れてしまったよ

不平等なんてあたりまえ　愛の飢えと　食の飢えは違うのに

Again　Again　もう一度やり直せば　きっと変わる

そう思って　泣き言ですませば　罪人さ

張り裂けそうな　胸の痛みを　こらえきれず目を覚ます

顔を洗うと　心の自分が泣いていた

はがゆかなさと　その先に見えるはずの未来は　暗く遠い

Again　Again　もう一度戻りたい　戻れない　戻りたくても戻れない

そう思って　苦しい思いを詩に乗せる　囚人さ

割れたガラスは　笑うピエロを写した　僕は笑われた

降る雨は　悲しみを一滴とともに流すだけ

Start　Start　ここからさ　僕らはまた明日を見て

Rewrite　Rewrite　まだやれる　笑うピエロはもういない

いつかピエロになってやる

無題 4

僕が今描ける物を文字に残そう

飛んでいったのは　半年ぶりに気になった笑顔で　恋に臆病になる僕

君は知らずにただ過ごしていたね　見ていれるだけで良かった

言えないまま時は過ぎて　僕らそれぞれの門出をむかえる

精一杯愛してたって　胸張って言えないって　その日の僕は書き残す

だから今は　力一杯抱きしめることで　大事な物を左のポケットにしまおう

無題 5

僕は忘れたんだ　あの日の笑顔を　失いたい記憶

苦しみは伝わり　めぐりめぐる

あなたはいずこへ　月の輝きに　僕は負ける

新しい自分に生まれ変わりたくて　もがいているんだ

卵のからにとじこめた　本当の思いは

無題 6

思い出し笑いが　涙にぬれる季節
何もかもが　なつかしくなる　そんな季節

Come to might　頭の中で　ぐるぐると景色が回る
空は青すぎて　吸いこまれてしまいそう　花はきれいに散った
川の流れに身をまかせて　海へと行こうか

ありがとうと　伝えたいと思えた時に
周りが違く見えたこと　がんばろうと思えたこと
ずっと忘れない

僕はいけるさ　きっといけるさ　そして新しく見つけられるさ
ここで感じたことを　また明日つなげていけるから
かなしいし　つらいけど　笑顔がうまれるさ
伝えるのさ　最高の「ありがとう」

無題 7

寒い冬に今叫べ　（oh yeah）　君は遊びたいのか　君は 1 人でいたいのか
なら先にここに来ればいい　サンタもダンシング　君とダンシング　come on

僕らにはクリスマスは似合わない　だけど楽しみたいのさ　人一倍！

でもさ　1 人でうじうじしてるだけの人生じゃ　何も面白くないだろう

無駄なプライド棄てちゃってー　好きなようにばかやってー
はじたい奴いいじゃない　もっともっとアツク

寒い冬に今さけべ　（oh yeah）　君は遊びたいのか　君は 1 人でいたいのか
迷ってんなら来ればいい　父ちゃんもダンシング　母ちゃんもダンシング

無題 8

ふるえるペンは　自分の思いをうつしたように　はかなくて
逃げて出きた　道の先の　無数のドアにゴールはない

あの日の分かれ道で　僕は道を見誤った
時計の針は　ちりちりと反対へと回転するのに　日々は進んでく

めんどくさいことを　なげだして　やりたいことだけで過ごした
そんな日々にも　終わりが来る　何もないと　その時気づいた

暗闇に　無我夢中で光を探した　希望に無我夢中でしがみついた
でも　最後にまた途中下車してみたい

そーさー　僕は　だめ人間　だめ人間　だめ人間だから
そーさー　僕は　弱い人間　弱い人間　弱い人間だから
探す　光を　この手に光を

結果を受け入れられない陰には　何かの理由が隠れているもの
逃げて出きた　僕の心には　どこか深い穴があるよ

今　僕が感じること　どうして　僕は道を見誤った

時計の針を　一度止めて　正しい方向へと戻そう

めんどうくさくても　どんなにつらくても
やらないといけないの　今かもしれない
逃げてきた日々　振り返って　意味がないと　その時気づいた

昔に　答えを出して　全てにさよならを言った
そして　最後に　未来への電車に乗ろう

この世界は　僕が思うより　甘いもんじゃなかったんだ
だから　僕もずっといられなかった
今は　何もかもうまくいかせようなんて思ってない
ただ道を　自分の道を　信じていくだけさ

僕は　ここで知ったことを無駄にしたりしない
明日へ進むために道しるべにするのさ

無題 9

心の底で生まれる景色　世界を映したメロディー　0h～
僕を写真に映してた　あの日のフィルムが割れた…

自分が自分であることに　納得いかない　他人と違うことに不信感を覚え
何も信じなかった
雨の日が伝えた言葉　洗い流れた思いをー！　こえてー

Music　鳴り響いて 心につっかえたものを　すべて消してく
music　鳴り休むな　僕たちの思いを　思い出させて…
風が歌う景色もメロディー　山がさわぐ　景色メロディー
それ一つ一つに何かがあるけど　僕らは知らない　だから　だから…

Music　鳴りひびけ 大事なもんを　忘れてしまう前に
music　教えてよ　僕に大切なことを…
Don't　forget 覚えてる　あの日割れたフィルムに答えがあることぐらい
Stand up　前を向いてもう一度　「歩き出そう」

無題 10

思い出し笑いが　涙に染まる季節

ふりかえることが怖くなる　そんな季節

僕らに雨が降らぬように　大きな傘でつつもう

あの言葉はもういらない　全てはあの木の下に埋めとこう

始まりベルは　忘れてしまったけど

どんなふうだったかも忘れてしまったけど

残っているものがある　それは一人一人の優しさと勇気

桜ちる季節に　けんかした時もいつもそばで笑っていた

長く会えない休みも　一緒にいようと言ってくれた

散った草木のように切れなかった　糸

降りやまない雪が　僕らを包んで　2人の時作ってくれたね

明るい朝に　目覚めた　その時に

「別れ」という言葉が　心にしみた

助け合い　支えあった　日々を終わりに

精一杯を歌おう　日々の終わりに

そこで見えるものは　「別れ」じゃないことぐらい　知ってる

無題 11

僕らはここでどうして出会ったの　神様のイタズラ
よく言うもんだ　まさにそうさ　初めは気にもしなかった
今となっては昔のこと　でもその時はときめいた

不器用な僕は　君にすまして　だめ出しばかり
君はいつでも　楽しそうに返してくる　甘い笑顔

ふっくらふくれる　ほおはりんごで鼻はさくらんぼ
おいしい果実だから　かじりついてしまいたい
ハチミツ風味の髪をなびかせる　君はデザートさ
僕に食べられるがいいさ

無題 12

導びかれた2人　一人占めしたい男と愛にうえた女
行きちがい　指の数をこえて　カレンダーがなくなる
プレゼントはもうない　必要ない

だって　僕らがプレゼント

無題 13

(Go)　前を向いて　（Go）　今ある道に
一輪の大切なもの

苦しまぎれに　放った言葉が　自分に返って来て
後悔したあの時　テキトーに生きてた自分を初めてにくんだ
負けんじゃねえ　生きてるだろ
その意味をよくかみしめろ

大切なもの　誰にもある　心のよりどころ
消さないで　苦しいという　言いわけで
それが本当の君なのか　違うだろ
まだ探せばいい　今こそ Go ！

無題 14

空にあこがれ　両手広げて　見せた　あの日の思い出
星は　あの日とは　比べられぬほど少なくて
美しさを失った
時とともに　年をとるように　僕の心も年を重ねて
大切なものを　見つけたんだ

文句や罵声で　苦しむ　そんな時　思い出すといい
あの満月を　そこに幸せを　全ておいてきたから
しょうがないやと　前を向けるだろう

夢を探して　旅をして　見せた苦い思い出
結局　かっこつけになることぐらい　分かった
美しさを失った
年を重ねるたび　感じてくる　プレッシャー
他の人の分まで　と力む僕がいた

人はみな平等　なんていうのはありえない
だとするのならば　助けあわなくちゃ
何ができることを　さがしてみようよ
今度はうそじゃない　本当だから

ずっとずっとがんばり続ける
それは大変だと　だれもが知ってる
でもさ　世界には　いやでも人を殺すのさ

僕らより　年のない　小さな子供たちも

伝えて欲しいと思う　幸せの意味を
ここで自分でもかえなきゃ　世界は１ミリも変らない

無題 15

今も残ってる　アイアイア　つながる魔法の言葉
変わりはしない　アイアイア　みんな笑顔さ

言葉の魔法にとりつかれ　流れ流れ　時の流れ
書いて分かったこの言葉　感じる　生きる力
苦しかった時　心の船で　涙の川をわたれ
きっと雲り空から　晴れ空に

君の声きき　アイアイア　ずっとここでまっていた
いつも　どんなときも　アイアイア　泣くのならば　笑いとばせ

無題 16

車の車内から　信号の光が　少しずつもれてくるのを感じた
動くとそれは大きくなり　そして一瞬で見えなくなる
そして　外灯が点々と中を　ものすごいスピードで
進行と後退をくり返しながら　何も話さない親子2人を照らしていた

無題 17

精一杯がんばって　その先にいつか　もう一度会えるだろう

そうさ　僕らが離れてより強まる　心の糸
今はどんくらい　僕らはどんくらい　つながっているの？
君へ　Don't cry　遠くても　　Don't cry　変わらないでいて
君が送った「愛」を　今も持っているから…

空からの景色　知らない町で　僕は進めるだろうか
不安な夜は　少し深呼吸して　空の星に語る

無題 18

忘れては過去の姿は　自分で切り刻んで
何もかもが　新しい世界　すっと飛びだしたい

つらさと楽しさを　てんびんにかけても
つらさは軽くはならない
あきらめないで　Ah　泣きたければ　泣けばいい
もう一度　君に会えるように　それまでは　Oh　Oh

後悔なんて　もうしたさ　これからはしないだろう
明日には明日の空が広がる
tomorrow　tomorrow　tomorrow
明日には明日の風が吹く

過去と未来を　てんびんにかけても
過去は軽くはならない
うつむかないで　Ah　叫びたければ叫べばいい
もう一度　君に言えるように　それまでは　Oh　Oh

悪夢なんて　もう見たさ　これからは見ないだろう
進む先には　新しい花が咲く

future　future　future

新しい夢の花がきっと咲く

無題 19

はみ出した　景色に　少し色づけした　染まりきらなかった空は
青い空白を残して　流れる雲は何をみたすのか
わからない　そのまま…
人生の生き先　電車みたいに決まっていない
夕暮れがきれい　そう　ずっと離さないよ

drawing　drawing　僕らが描く　世界は虹色に変わる

無題 20

雪降るはずのないこの町に　きれいな雪を見る君の顔
勝手に顔が赤くなる　林檎のように赤い顔
「寒いの？」って問いかけると　すねた顔でよそをむく君
ちょっといじめようと　ちょっかいだすと

無題 21

あいまい言葉　つたわらなくて　恥ずかしさかくして
何も変わらず　またせてばかり
ふっきれない　もどかしい夜に　100度のため息

ぼくらは生きている

生きている　生きている

ぼくは生まれたんだ　この地球という星に

そして知らずにすごしてきた　でも少し分かってきた

言葉や言語いっぱい話し

国語や算数を勉強し

そしていろんな事を　知ってきた

ぼくらは今まで　地球の叫びを聞いてきた

だけど　だけど　ぼくらは見て見ぬふりをしてた

生きている　だけどこんな状況じゃ

生きている　だから変わらなきゃいけない

ワンナイト　カーニバル

私はいつからか自分を捨てていて　抜けがらには何もない

揺れ動く視覚が叫んだ　「本当をかえして」と

さあ手を届かして　落っこちた切符をひろい前へ

ここは一夜だけカーニバル　全てが無になっていく

夜はずっとふけていく　苦しみは夜の暗さに隠れて

だから前みたいになれんだろ　誰かが私をつつみ込んだ

今日でここで忘れよう　全てを思い出に変えてさあ

僕はいつからか自分を消していて　消えた姿には何もない

揺れ動く陰は叫んだ　「元に戻して」と

さあ手を届かして　落ちている切符をひろい進め

ここは一夜だけカーニバル　全てが無になっていく

夜が明けていく　光は元の自分を照らす

だから前みたいに戻れるだろ　誰かが僕をつつみ込んだ

今日でここで思い出そう　あの日の自分を今ここに　さあ

ワンマンショー

時は迷いこくって　時間を止め　時空の店に腰をおろす

「やっぱね」とため息をつくマスターは
エメラルドの香りのコーヒーを１杯だした
ここまでが夢の話　あとは覚えていない　だけど
（目覚めたら）そこは店の中　ここで始まる　絵空事
僕らのワンマンショー　不思議と寝ちゃうでショー
いつまでもどこまでもすっぱく甘い　オレンジのように
僕らのワンマンショー　何かが変わるでショー
記憶に残るような　悪夢を今　体に刻め

風は吹くのをやめて　風を止め　時空の店に腰をおろす
「またかよ」とため息をつくマスターは
ファイアレッドの香りのコーヒーを１杯だした
ここまでが夢の話　あとは覚えていない　だけど
（目覚めたら）そこは店の中　ここで始める空想劇
僕らのワンマンショー　消えてしまうでショー
暗くても明るくても　冷たい氷河のように
僕らのワンマンショー　終わりがくるでショー
想像でかためただけの歌に　五月雨

現実

朝目覚めると起こる衝動　何げない言葉が心にささる
日を見るのが　こわくなって　暗がりの世界へ
せまいと全てが近くで　ずっとからみあって　黒い糸は解けぬ
快さは　飢えた愛を　いつわりで包むの　― oh ―

殺したいくらいにくんで　殺しても心は晴れぬ
どんだけうらまれても　人の上に立ち　踏みにじること　選んで
This is　ジャスティス　I forget hard day
そして上を見過ぎた
このままで　ずっとこのままで　いたって心　子供のまま
どうして誰も　来てくれないの　そうか　ずっと一人だったよ

ふいに起こりだす

桜

何も言えず　見つめるだけで　心が透かして見えた
あなたはもう　僕のことなど　忘れてしまったのだろう
桜が散って　あの日のことも
思い出すのは　この木の下で　目を合わせた　その思い出
泣き笑い　一緒に過ごした　だけど近くにいるだけで

桜の花びらを空にすかそう　そこに思い出が映って見える
どこにいっても　忘れないような　思い出ではないけれど
つたえ忘れた思いを　この散る桜にたくし
君の元へと届けよう　あの日のあなたの笑顔へ

あふれた言葉の中に　あなたのあたたかさを感じた
忘れられないぬくもりは　あふれ　満開の花になる

僕らの気持ちが　心の花を咲かして　すれ違ってた思いを
この下で引き戻す

流れる涙を　染めていく　あわいピンクの花びら一つ
舞い落ちゆく　その前に　息を吹きかけ　また飛ばそう

何も言えずに　見おくった後ろ姿

今も忘れずに　いてくれるかな　悲しかったかな　寂しかったかな

そんなことを　桜に問いかけてる

思い出

君と出会ったのは　君が映る箱の中
何も気にせずに　見ていただけなのに　だんだん近くに感じて
忘れられなくなった
君が映る写真　いつも不思議と柔らかく

せつないよな表情で何　考えているの？
ずっと見守っている　隣に行けないとわかっていても…

僕の声が　君の元へ　届き　何かが始まる　それはきっと恋のはじまり
届かなくて　苦しすぎて　立ち止まって　やるせない　思い
ぽろぽろ流れ　君は君を愛してるの？

明日から退屈な世界も　君が明るくしてくれる
どんだけのことがあって　そこに立っているか　見なくても分かる
つらい思い　ひたかくし　生きるつらさや
きつい思い　前にだせない　つらさも…

君はきっと　それをのりこえたから
ずっと　前よりも　美しく　生まれ変ったんだろ…
僕もきっと　それをのりこえたら

ずっとずっと　変われて　君みたいになれるかな…

僕はずっと　この場所から　君のことを愛し続けているから
止まることない　切ない恋の歌

ストレートに　伝えること出来れば　もっと　ずっと　良かったのに
後悔ばかりの　切ない恋の歌
君はいずこに…（yeah　yeah　yeah　yeah yeah）

光さえ見えない日々で　何もかも投げ出したんだ
逃げて来た足跡は　罪という形になった
大切な物が何か　忘れた雪の降り終わり
信じることが　どんなことか　だれか教えて下さい

僕らの空に（Oh－Oh－）いつか虹をかけられるように
少しずつ　曇り空を吸い取って
大きくふくれたら（Oh－Oh－）大きく息をはき笑おう

笑顔が君を楽にさせる　きっと見つかる　宝物

いっぱいころんで傷ついて　何かもかも投げ出したんだ
ころんで出来た傷跡は　罰という形になった

忘れ物が何か　忘れたあの熱帯夜
進むことが　どんなことか　だれか教えて下さい

僕らの空に（Oh － Oh －）太陽が輝けるように
少しずつ雨を吸いこんで
大きく飲みこんだら（Oh － Oh －）大きく息をはき笑おう

笑顔が君を見つける　見えてくる　明日

僕らの空に（Oh － Oh －）大切なものを見つけ出す
地図を広げて

心が雨の日は　どこにもいきたくない
君が今日は　休みそうな　予感
心が晴れの日は　君のところへ
君が何げなく見せる　あの笑顔を　見れる予感

淡い春は　出会いの時で　気持ちもり上がる夏
つらくてかれた秋がすぎ　もうクリスマス
リンリンなる鈴に　イチャイチャカップル　うんざりしてると
目の前に君

すぐに抱き寄せ　強引に唇を奪う

もう離さない　せめて今日だけは

もうのがさない　絶対　後悔してしまうから…

もう二度と会わないから…

思い人

あの空の向こうへ　飛び立とう　さよならを言わずに

あの人は旅立った

貰ったものは　がらくたじゃなく　すばらしい教え

dream　夢が　フューチャー　未来で　輝くために

僕は精一杯　生きる道を選んだ

残したもの　残された声　僕の心にひとつの穴

忘れたいこと　忘れた声　僕の記憶にひとつの溝

あの空の先へ　飛び立った　なんにも言わずに　飛び立った

言葉では表せないような　優しい思い

思いや　考えを　空に伝えるために

僕は　死ぬことを拒んだ

今の思い　今感じた声　また埋まった心の穴

あの日のこと　あの日の声　また埋まった記憶の溝

人生の1ページのひとつとして　覚えないといけない

届け　空に届いて　かなわないと分かっているけれど

いつか　飛ぶんだ　そして伝えるんだ　僕の存在と

あの日の思いを

証

僕らの証　記そうよ　明日のために　未来のために
つまらない思いに　揺れるな　ただ道を進めば見えてくる　証

何となく生きていた日々　その時君は現れた
僕を魅了する　その姿をいまでも覚えている
君に出会ってやっと分かった　大事なのは生きることだと　生き続けることだと
衝動にかられ　動けなくなっても　僕は信じ続ける　証
僕らの証　記そうよ　明日のために　未来のため
僕らの証は消えやしない　生き続けるかぎり　信じ続けるかぎり
そして忘れない　出会った日のことを　君から貰ったものを

証とは何か　今分かった
きみと出会えて　よかったと思う
そして　言えなかった「ありがとう」
また　出会う日まであたためておこう　僕の証として

未来の詩

生まれたのは　何百年前の　この木たちもきっと　いろんな時代を

流れてきた　明日への不安も　悲しみの声も　幸せも

一人一人は歴史の中の点でしかないけれど

しっかりと今も輝いている

ふみはずさないで自分をしっかりと持って

あの大木のように

未来は遠いけれど　きっと近くにころがっている　詩

未来は分からないけれど　きっと近くで答えている　詩

それをこの木は知ってる

生まれたのは何億年前の　この山々もきっと　いろんな時代を

流れてきた　子供の声も　老人の声も　鳥の声も

一つ一つは歴史の１ピースでしかないけれど　しっかりと今も聞こえてる

抑え込まないで　自分を見失わないで　あの山々のように

未来は見えないけれど　きっとそこでほほ笑んでいる　詩

未来は難問だけど　きっとここにヒントがある　詩

それを山々は知ってる

ここにあるのは歌だけど　きっと僕らは知っている
ここにあるのは思いだけど　きっと僕らに伝わっている

未来の詩がそこにある

未来は　今もずっと昔もずっと夢を結び流れてる
未来は　今もきっと昔もきっと夢をかなえて流れてる

未来の詩をここに記して明日へ向かおう
ほらあなたの夢のすぐそばで待ってる

夢

It's my　ドリーム　It's my　ライフ　隠れた思いを　出せないまま

演じてきた　うその自分を　悲しんできた　心の中で

でももうやめにしよう　飛びたとう

誰かが僕に語りかける　音が聞こえる方へ

本当の自分を見つけた先に　あった夢を　今

It's my　ドリーム　It's my　ライフ　隠れた思いを　出せたなら

本当の　真実の自分を　うれしい気持ちが　心の中で

やっといけるんだ　新世界へ

誰かと一緒に　信じた夢の道へ

進むべき道を見つけた先に　つかむべき夢を　今

つきすすめ　僕らには　まだ希望がある

そして　いつか　輝ける自分になろう　いつか

過ぎゆく日々に　僕らは答えを探した　あの日　あなたはどうして　僕はどうして

ちりばめられた色が　空というパレットに広がる

僕らが出会った日々に

林檎

君のほほに解れた　赤くなる唇は
林檎みたいにつややかで
君に素直に伝えたかった　あの日あの時あの場所で

自分に明日が来るなんて　どこかで僕らはそう思う
保証というものは　無いくせに
大丈夫なんて　言いとばす
苦しんでも　なんとかなるさ
明日がくるさと　笑う奴らに
言ってやりたい　明日お前らが生きてる保証がどこにある？

だから　町中の人々も日本の人々も
なくしちゃいけない　生きている喜び全てを
動物達も世界中全て　絶対忘れちゃいけない

この地域に生まれて１つの命で進んでいく　僕ら人間よ
あの日あの時　伝えられなかったことを後悔してるその前に
伝えに行けばいい　君が死ぬ前に

だから僕も伝えに行くよ

夢 2

そう一歩ずつ　踏み出して　また一歩　踏み出して
時には駆けて　そして時には転び　立ち止まる
新しいものには　リスクがつくものだけど
僕らがそれを手に入れるには　進むしかない

(Wow　Wow…) 走れ走れ　道なき道を　何かを手に入れるために
(Wow　Wow…) まわれまわれ　頭の中で　それだけが回っている
進んだその先にゴールはないけれど　また新しい夢を怖がっている

頭の中から　目の前に投射された　世界は紙の上
見せたいものを　描けないから　逃げてついた紙の上
書け　書け　書け　いつか伝わる日がくるさ

今まで見えてきたものが　電車から見える景色のように
スゥーと抜けて　忘れさられた
表せなかった瞬間も　大切な君の笑顔も　言葉にせずに…
だから今…

僕らが探してた夢は、そこにコーヒーのような
にがさと味わいを残して　― yeah ―

僕が見てた空に一　浮かんだ夢の中には
太陽よりも　僕を明るくする　希望の笑顔

大切な夢を追い　若者よ　いざ進め

そして君の大切なものを　見るために　僕は行く…

涙

あなたのそばで　私が消える　そんな日々を分かってくれるの？
丸い世界で　僕らが生きてる　その奇跡を　忘れないで
黒いかたまりは　すべてを焦がし
全ての人の心を奪い　みだれた世界は　戻ることはなく
Oh ―　Oh ―　Oh ―
君がここにいて　それだけが　僕の幸せ
自分がいることをよく考えて　あの町の子へ　新たな命を
続いでいける人になりますように…

かれた涙は　もう流れない　どうにもならない
この世界が 1 つになった時に
僕らは　本当の涙が　流れるのだろう

食べられる喜びが　どれだけのものか？　君は知ってるかい？
大切なことを　忘れかけた時　本気で考えて
幸せに埋もれていないか？　僕らは何をすべきなのか？
Oh ―　Oh ―　Oh ―
言葉には　幸せの力があるから「大丈夫」「かんばろう」
そしてみんなは手をとりあうよ　明日の世界が明るくなるように
その糸をつむいでいけるように…

かれた涙は　魔法の言葉とともに　いつか
この世界が１つになった時に　僕らは本当に

大切なものに気づくんだ
雨が降ってる　雨は降り止まない

Alone

Don't worry. I'm fine.

Don't worry. I'm fine

But I'm going to leave you.

A lot of memories don't remember.

I'm alone into the world.

I'm impossive to…

life

隠し隠され　見えないまま　苦しまぎれ　暴力で
自分の未来を　ぶち壊す　何のために　僕はいる？

外灯の光がまぶしいから　暗がりのガードレールに
逃げ込んだんだ　わけもわからず逃げて逃げて
何から逃げたか　忘れて…

ずっと―きっと―大切なものを持っていた
でも―きっと―いつしか見失った

僕らが大事にしてきたものを　けっして忘れないで―
僕らに残された大切な日々を
決して無駄にはしないで―

いつまで　生きれるか　わかんないけど
血へど吐いても生きるのさ
みんなが死んでも生きるのさ
誰も見たことのない世界を　―yeah―

eyes ＝合図

そうか　あれが君のサインか　なぜかいつも通りにして
その合図を　ずっと流していたんだね
あまり悲しい顔なんて　見せない君だったから　心配してたんだ
だけど僕は恋しちゃいけない
でも結局　葉が散って　雪が降るこの季節には
寂しくなるね　（oh－）

Don't forget tonight. I'm so love you all time.
外灯の光が　そっと２人に語りかけて　２人だけをつつむ空間
消えかけた気持ち　火が静かに灯った

明日君を迎えに行くよ　僕が生きてたら
動かない手に力をこめて　ずっと抱き寄せるんだ
あの時できなかったことを取り戻すために
このまま　終わりを迎える前に　僕は一歩出る
夢へと踏み出す　そこにある　君との未来

そうか　あれが僕の終わりか　なぜか　いつも通りにして
その合図　見落としていたんだね…
目に見えたものなんて　全てが正しくはない　考えていたんだ

だけど僕は死にたくない

でも結局　年をとって　体が動かなくなる頃には
死んじゃうのかな　（oh－）

Don't forget tonight. I get your warm of body.
I don't sleep until you sleep. I break all of you.
染まりきらない　僕に　本当の色をつけて

きっと君の元へ　僕は生きている
今なら動くんだ　ずっと抱き寄せられるんだ
Who is the girl? Don't you know. You are here with me.

僕は君を迎えに行くよ　僕が生きていたら
今動いたこの体に　ありったけの力を込めて
自分の気持ち　伝えなくちゃいけない
そう思った瞬間に　僕は立ち上がる
大切なもの　それはそこにある　君の合図は
今伝わった

memories

かみきれない　くやしさを１つのこぶしに握りしめ
しっかり　踏みしめ立ちつくした
忘れたはずの　意味を追いかけて　つかれて倒れたあの日

どこまでも続く道は　真っすぐに見えるけれど
他から見たらぐねぐね曲がりくねっているみたい

あの空がこんなに青いなんて　その時には見えなくて
痛かった思い出を　はき出そうと　大きく息を吸ったのさ

「変わりたい」という言葉をポケットにしまったのは　なぜだろう？
自分を問いつめても返答がないなら　質問を変えよう

君はあの日笑えてた？　どこにいても笑えてた？
つらくはなかった？　それが聞きたい

ありふれた言葉でしか描けないから　もう何も言わないよ
だけど一回だけ思いを聞いて

僕は進める　僕は変わりたい　誰かに伝わらなくてもいい

ただ僕はこぶしをほどいて　一歩踏み出す

僕は行ける　信じた道を　誰も分からなくていい
ただ僕は空の青さに負けないように　ポケットから言葉を出す

僕の memories　輝いてくれ

One more time

One more time　僕らの夢見てた

One more time　この世界は

One more chance　いつも輝いて

One more chance　ここに新しい地図を広げる

すみわたる空の下で　涙をうかべる今日このごろ

別れたあの日　あそこに置いてきたもの

Why can't you resemble voice?

一人ぼっちの夜には　僕だけに雪がふる

Can I tell you more?

君のことを　もう一度　たぐりよせた　糸

One more time　僕の精一杯が　　　　　　　（One more time）× 2

One more time　もう一度伝わるように　　（One more time）× 2

One more chance　僕は絶対に　　　　　　　（One more time）× 2

One more chance　それをものにして　君を離さない　（One more time）× 2

降りだした雨に　そっと悲しみを流しながら　傷をいやす

新しいを見つけるには　自分の心が大事さ　受け入れるという大きな心

Why can't you get my heart?

抜きとられた　見事に

I don't forget it

君のことをもう一度　流した雨の中

One more time　僕らの夢見てた　　　　　　（One more time）× 2

One more time　君という奇跡は　　　　　　（One more time）× 2

One more chance　絶対につかまえて　　　　（One more time）× 2

One more chance　ずっとずっと離さない　　（One more time）× 2

美しい景色の中に　咲いてた一輪の花は

いじっぱりなところも　甘えるところも　全部くれた

もう大丈夫

One more time　かなわなくたって

One more time　今もここにいる

One more time　僕を作ってくれた

One more time　君に「ありがとう」…

Prove

I'm looking for my life.

立ち止まった　地面の隅に　咲いてた花のように　輝ける場所を見つけたい

田舎の海ぞいの道に広がる砂浜と　証明できずに流れた　君と僕の方程式

（Ah）今なら　（Ah）解けるかも　（Ah）やっと見つけた　（Ah）光の証明！

I prove my life. all all all.

見えてくる　大切な人生という2文字

I believe my life. everything.

全て　変えて見せるさ

この海の向こう側　見知らぬ人の群れ

そんなとこで輝ける人は　一握りしかいないさ

（Ah）変わってく　（Ah）回ってく　（Ah）時代と　（Ah）僕の思い

I prove my life. all all all.

自分の思うままに　強く

I believe my life. everything.

きっと　変えられるさ

全てが変わる世界で　I prove　僕が証明するもの（Ah Ah Ah ー）

I prove my life.

ありがとう　ありがとう　ありがとう　さよなら

ありがとう　ありがとう　ありがとう　そうしてまた会おう

思い出し笑いが涙にぬれる季節
何もかもがなつかしくなる　そんな季節
Come to might　頭の中で回ってく　景色と思い出
空が青すぎるから　空はすっと笑うから　この思い出がすっと吸いこまれそう
川の流れに身をまかせて　いつまでも流されて　青く染まる自由世界へー

君の本当の色って何だろう？　見つける前にお別れかい？
君の本当の色って何だろう？　「別れ」という言葉　心にしみた

ありがとう　ありがとう　ありがとう　さよなら
ありがとう　ありがとう　ありがとう　そうしてまた会おう

まあ今度
目の前の景色がにじんでくる　季節
次の自分が見えてくる　そんな季節

Come to might　頭の中を横切って行く　景色と思い出

first day

頭の中に描かれた　映画のような動く映像
誰も見たことない　僕だけの描く世界で

ふとした時に　今まで見て来たものが少しずつ繋がっていった
からみあった時　それは１つの新しいものを作る
夢に出て来て　あばれ回って　そして目をあけたらワンダーランド
このまま消すな　忘れてなるか　そして僕はペンをとった

（first write）　真っ白な紙は　いつもより小さく見えて
（first break）　今までの自分が　からを破って
（first day）　　世界が　そこにはあった
ひびけ　（oh ― oh ― oh）　頭の中だけの世界が
初めて形をつくっていく
変って　（oh ― oh ― oh）　出来るはず
自分しか　見てない世界を　世の中へ描こう

初め味わう　そんな時こそとまどいに苦しむけれど
やりとげた時　それは１つの新しいものを作る
立ち止まって　行きずまって　あの日を忘れたろ　ジ・エンド

これでいいのか　終わってたまるか　そして君は立ち上がる

（first chance）　のがすな　つかめその先を
（first goal）　　ここ終わりじゃない　始まりだ
（first day）　　今、目の前に
進め　（oh ― oh ― oh）　遠かったはずの夢が
本当はすごく近くにあって
何か　（oh ― oh ― oh）　出来るはず
自分しか　分からない　感動させる夢の力

苦しすぎて　考えられなくなって　アスファルトの上
外灯の光を１つ１つ越え…　何かを探してたどりつく
気づく　決められた人生なんてないと

（first day）　　明るい　新しい光が
（first day）　　あの日の　忘れない感動が
（first day）　　今、ここにある
全て　（oh ― oh ― oh）　出会った時の思いが
大切な人の声が
そうさ　（oh ― oh ― oh）　そうだったんだ

自分しか出来ないこと　それのために生きてくんだ
自分の夢信じて　first day！

My life

I'm looking for my life.

Why can you have a smile again?

I don't have a smile now.

I'm alone, in my life. Don't see future.

You are like a strong better than me.

My heart, it is rain. every day.

One more time. Let's play together

I'm at a loss for words. I went to school out of thin air.

At least, I'm fine now. I put out my memory in the rain.

I wanted to tell you, my life is a little.

I wanted to sing this song as usual.

Don't stop to take it easy. There is my dream in your heart.

Then, It is forever, so I write down it in my heart and brain.

true day

苦しまぎれの　言い訳ばかり　どうしてそんなとこにいるの？
うそをならべた　裏切りの味　もう味を忘れて
ふしだらな想像をたくさんしたり
だらしなさにあこがれたりしたさ
不平等平然世界

あくびする暇なんか　あんたにはないよ
もっと瞬間に集中しなきゃ　おいてかれる　この世は
自分で自分がなくなるように　トンネルを1人ぬける
暗いよ　こわいよ　逃げ出したいよ　臆病なら変わらないさ

ゴミのように　くずのように　ちりのように　生きるだけ
くさったように　くるったように　前を向いても　黒だらけ
何もない　見えてこない　息苦しく　泣いてるだけ
雨のように　ザァーと降り　僕の心　流すだけ

映画のあとの　無駄な充実　すぐに現実に戻るの
体をこわし　何もできずに　挫折の味がする
ちょっとばかし　と飲みこんでみたり
ばれないだろうと　心に負けたりしたさ

結局　自分中心生活

気が知らない僕らに　思いやりなどあるの
信じることを　恐れてしまう　ばかな子犬の泣き声
光もない森を　一人でかけぬける
見えない　何もない　欲しい　自分中心　変わらないさ

空のように　雲のように　星のように　生きたいだけ
海のように　山のように　広い心が　欲しいだけ
何もない　見えてこない　今もただ　泣いてるだけ
君のように　息をすって　大きく吐いて　進んでるだけ

見えぬ未来を　ただ恐れた　先回りしたつもりが大誤算
合っていることなど　とうていないのに　希望が捨てきれない
断ち切ることを　人は決心できない
大事なことを　今まで失ってきたというのに

僕の未来へ　空に大きく叫んだ　見えぬ暗闇
心に　やっとさ　真心という光の灯り
消えぬように　忘れぬように　刻むように　残すだけ
苦しいだけの　この世界に　言い訳じゃない
真心をやどして

春風　2016/5/5

蛍火　2016/11/12

ただ見つめていた そのままで ずっと
消えそうな 蛍火のような 君の声
時が経てばかすれる 頭の片隅に追いやって そして つらさから逃げて・・・
追いつかれてやっと知った 僕のこと見てたんだ・・・
蛍火につける色は、何色でもいい？
君が気づけばそれでいい あの時見つめてくれなけりゃ 苦しまずに済んだのに
いつか忘れるだろう ふと思い出して笑うのかな？
そんな君の声は蛍火

無題　2016/11/12

忘れた頃に掘り出された詩は　とてつもなく寂しく 切なく
忘れてよかったと思えるほどだった・・・
人が息をするように　世界もまた　生きている　それが分かったなら 何もない
パレットの上でも 真っ青な空の上でも 描けるさ
本当の題名を

花　2016/11/13

見上げた空は まるで僕を笑っている

見下すわけでも 突き放すわけでもなく

ただアスファルトに咲く花のように じっとそこにいて・・・

本当にありがとう 送り出すのがどれだけの思いなのか

知らない僕は身勝手に 傷つけて 押し付けて

忘れていけないあなたは 太陽という花でしょう

忘れた頃に 思い出して また笑うのかな

どれだけかかるかわからないけれど 待っていて

花が咲き乱れた時 空は輝く

君と　2016/11/13

久しぶりに会うと　変わらないことに驚きながら なぜか自然と距離が開く

大変なことは　隣で聞いていたのにきつく当たったりしてさ

君と 君と ずっといたい ここにいて 行かないで 後悔したくない でも行くんだね

忙しない世が 僕の過去を掘り起こしても きっと今は

けどさ・・・やっぱ好きなんだ

久しぶりに会うと　変わらないことに驚きながら なぜか自然と距離が開く・・・

わからなくなって繰り返しても　結局そうなんだ

君と 僕と 離れてもずっと思ってる

大丈夫 君と・・・君と 君とずっといたい

諦めないよ でも会えたらでいいんだ

僕らには、それぞれの道があるから

君へ 歌う歌よ 空に響いて

まるで魔法のように 包み込んで欲しいんだ

だから　ここにいるよ また僕らの音楽奏でて・・・

僕が缶を蹴ったなら　2016/12/8

あとがきの代わりに

６年が過ぎた。

『中野祥太朗作品集』は完成した。

作品は未完成だ。

当時、亡くなった理由が彼の作品の中にあるのではないかと、家族、親戚の中で彼の作品を読みあさってみたが、これというものは出てこなかった。

以前、ノートに書いていた作品を、パソコンで打ち込むよう彼に勧めたことがある。

「そんな時間は無い。頼んだよ」みたいなことを私の腕を叩きながら笑って言っていた。

結局、全て私が打ち込むことになった。打ち込むだけでも３年が過ぎた。

妙なことが幾つかあった。

ipod のセキュリティ情報を覚えてくれと突然言ってきたり、もし僕が死んだら誰か来てくれるかなぁなどと言ってみたり。理由を聞いても「別にないよ」と言っていた。

思春期にはあることかもしれない。と、それほど気にはしていなかった。

ある程度の形になっている作品だけでも残そうか、と打ち込みを始めた。

それが終わってみると書き出しだけの作品も結構数が多いので、これらも打ち

込んでみようかと再び打ち込みを始めた。

結局、ノートの空いたページや携帯の中に入力してあるものまで全て打ち込むことになった。

改めて作品を読み直してみると、その時、その間に彼が何を思って何を考えていたのか断片的にわかるような気がする。何年かたったら再び初めから読み直してみようと思う。

そんな本であって欲しい。

中野裕樹

未来の詩

2023年1月14日　初版発行

著者　　　　　　中野祥太朗
発行者　　　　　中野裕樹　中野洋子
装丁・デザイン　ビーニーズデザイン
発売元　　静岡新聞社
　　　　　　〒422-8033 静岡市駿河区登呂3-1-1
　　　　　　電話 054-284-1666
印刷・製本　　　三松堂株式会社

ISBN978-4-7838-8062-2 C0092